AF363719

CATALOGUE

DE

170 DESSINS DE GIRODET

COMPOSITIONS

Pour l'*Énéide* et les *Géorgiques* de Virgile

16 DESSINS DE MALLET

ESTAMPES

ANGLAISES & FRANÇAISES

Portraits par Nanteuil, Drevet, Reynolds et autres

DONT LA VENTE AURA LIEU

HOTEL DES COMMISSAIRES-PRISEURS, RUE DROUOT, 5

SALLE N° 3

Le Lundi 15 Avril 1867, à deux heures.

Exposition : le Dimanche 14, de deux à cinq heures.

Par le ministère de Me **SOYER**, Commissaire - Priseur,
rue du Dauphin, 10,
Assisté de **M. BLAISOT**, Expert, rue de Rivoli, 178.

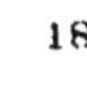

PARIS

RENOU & MAULDE

IMPRIMEURS DE LA COMPAGNIE DES COMMISSAIRES-PRISEURS
Rue de Rivoli, 144

1867

CATALOGUE

DE

170 DESSINS DE GIRODET

COMPOSITIONS

Pour l'*Énéide* et les *Géorgiques* de Virgile

16 DESSINS DE MALLET

ESTAMPES

ANGLAISES & FRANÇAISES

Portraits par Nanteuil, Drevet. Reynolds et autres

DONT LA VENTE AURA LIEU

HOTEL DES COMMISSAIRES-PRISEURS, RUE DROUOT, 5

SALLE N° 3

Le Lundi 15 Avril 1867, à deux heures.

Exposition : le Dimanche 14, de deux à cinq heures.

Par le ministère de Me **SOYER**, Commissaire - Priseur,
rue du Dauphin, 10,
Assisté de M. **BLAISOT**, Expert, rue de Rivoli, 178.

PARIS

RENOU & MAULDE

IMPRIMEURS DE LA COMPAGNIE DES COMMISSAIRES-PRISEURS
Rue de Rivoli, 144

1867

ORDRE DE LA VACATION

Estampes .... Nᵒˢ 187 à 240

Dessins de Girodet....... Nᵒˢ 1 à 170.

Dessins de Mallet....... Nᵒ 171 à 186.

Estampes .... Nᵒˢ 240 à la fin

CONDITIONS DE LA VENTE

Elle sera faite au comptant.

Les Acquéreurs paieront CINQ POUR CENT en sus du prix d'adjudication.

DÉSIGNATION

DESSINS DE GIRODET-TRIOSON

Collection de cent soixante-dix très-beaux dessins à la pierre noire et à la plume, de grande et moyenne dimension. Ces dessins, tous inédits, ont été exécutés par notre grand peintre et poète Girodet, en vue d'une publication de l'*Enéide* et des *Géorgiques*, de Virgile.

Ils sont encadrés uniformément dans des bordures en bois de chêne et renfermés dans un très-beau meuble en acajou.

Cette magnifique collection sera mise en vente dans son entier, sur la mise à prix de 3,000 francs ; s'il n'y a pas acquéreur, les dessins seront vendus séparément dans l'ordre ci-après :

ÉNÉIDE

LIVRE I

1 — Junon, irritée contre les Troyens, veut les empêcher d'aborder en Italie ; elle va trouver Éole.

2 — Junon demande à Éole de déchaîner les vents.

3 — Tempête.

4 — Neptune ordonne aux vents de se retirer.

5 — Les Troyens débarquent près de Carthage.

6 — Les Troyens préparent leur repas.

7 — Vénus se plaint à Jupiter des persécutions qu'éprouvent les Troyens.

LIVRE II

LIVRE III

LIVRE IV

LIVRE V

LIVRE VI

LIVRE VII

LIVRE VIII

LIVRE IX

LIVRE X

LIVRE XI

(Girodet n'a fait aucuns Dessins pour ce Livre.)

LIVRE XII

GÉORGIQUES

DESSINS DE MALLET

Seize très-beaux Dessins admirablement exécutés à l'aquarelle et rehaussés de gouache.

Ces Dessins avaient été composés par Mallet, pour son ami, feu Texier ; ils ont été gravés par ce dernier.

171 — L'Annonciation.

172 — La Nativité.

173 — La Présentation au Temple.

174 — La Cène.

175 — La Résurrection.

176 — Saint Luc.

177 — Saint Jean.

178 — Saint Mathieu.

179 — Le roi David.

180 — Saint Henri.

181 — Saint Vincent de Paul.

182 — Saint Bruno.

183 — Saint Bernard.

184 — Sainte Marguerite.

185 — Sainte Clotilde.

186 — Sainte Marie Égyptienne.

ESTAMPES

187 **Bartolozzi**, **L. Cars** et **Frey**. Quatorze pièces, d'après Greuze, Boucher, Rembrandt et Ang. Kauffmann.

188 **Baudouin**, **Lepautre** et **Tortebat**. Dix-sept pièces, d'après Van der Meulen, Cl. Lorrain, etc.

189 **Beauvarlet**. Portrait du comte d'Artois et de Madame, d'après Drouais. Belle épreuve.

190 **Bolswert**. La Vierge et sainte Catherine, d'après Van Dyck. Très-belle épreuve avant l'adresse de Bonenfant.

191 **Bolswert** et **P. de Jode**. Quatre pièces d'après Van Dyck.

192 **Bolswert**, **Levasseur** et **Ballu**. Dix pièces, d'après Rubens et Van Dyck.

193 **Both** et **Enfantin**. Dix pièces gravées à l'eau-forte.

194 **Bromley** et **Turner**. Lady Georgine Fane. — Rural Amusement. Deux pièces d'après Thomas Lawrence.

195 **Cars** (L.) et **Wille**. Cinq pièces, d'après Netscher, Coypel et Lemoine.

196 **Cochin** et **Daniel Marot**. Cérémonie du mariage de Louis, dauphin de France. — Décoration du bal masqué. — Vue de la grande salle d'audience de La Haye. Trois pièces.

197 **Cousins**, **J. Dane**, **Dunkerton**, etc. Portraits de Miss Wolf, Martin Elliot et Sarah Bünburg. — Six pièces, d'après Lawrence, Cousins et Gainsborough.

198 **Dambrun**, **Saint-Aubin** et **Queverdo**. La Nuit. — Le Jour. — L'Amour à l'espagnole. — La Poupée et le Volant. — Pygmalion, etc. Sept pièces, d'après Borel, Dumesnil, Saint-Aubin et Queverdo.

199 **De Boissieu**. La grande Forêt. — La Vache à l'abreuvoir. Deux pièces gravées à l'eau-forte.

200 **Duflos**, **Picart** et **Roger**. Douze pièces, d'après Raphaël, Lesueur et Mlle Mayer.

201 **Van Dyck**, **Pontius**, **Pietre de Jode**, etc. 49 portraits par et d'après Van Dyck.

202 **Earlom**, **Dickenson** et **Reynolds**. Les portraits de Frédérich, roi de Saxe, de Mme Vestris, etc., d'après Benjamin West, Schalken et Gérard. Quatre pièces.

203 **Edelinck**, **Nanteuil** et **Smutzer**. Portraits de Christophe Gottwald, Pierre Lallemant, Ern. Diétrich, etc. Dix pièces, d'après Stech, Diétrich, etc.

204 **Everdingen** et **Hollar**. Douze pièces gravées à l'eau-forte.

205 **Fragonard** (II.). Quatorze pièces gravées à l'eau-forte, d'après Lanfranc et autres.

206 **Frey** (J.). La Sainte Famille. — La Vierge au voile. Deux pièces d'après Raphaël.

207 **Fyt** (Jean). Etudes de chiens, gravées à l'eau-forte. Huit pièces (Bartsch, n°s 9 à 16).

208 **Jode** (P. de) et **Panneels**. Portraits et sujets, d'après Rubens et Van Dyck. Trente pièces.

209 **Lebas**, **Huquier** et **Sympson**. Cinq pièces, d'ap. Oudry et Cradock.

210 **Leclerc** (Sébastien). Quatre pièces de la suite des tapisseries du roi.

211 **Massard** (J.). La plus belle des Mères, d'après Van Dyck. Épreuve avant la lettre, toutes marges.

212 **Murphy**, **Houston** et **Verkolie**. Cinq pièces, d'après Rembrandt, Verkolie, etc.

213 **Nanteuil**. Portrait de Scudéry, R. D. 221, 1er état.

214 **Norblin**. Cinquante-sept pièces gravées à l'eau-forte par ce maître, et formant la majeure partie de son œuvre.

215 **Ostade** et **Weirotter**. Quatorze pièces gravées à l'eau-forte. Anciennes épreuves.

216 **Pitau** et **N. de Poilly**. Sainte Famille, d'après Raphaël.—Autre Sainte Famille, d'après Nic. Poussin; cette dernière est avant la lettre.

217 **Poilly** et **Van Schuppen**. La Vierge au berceau, d'après Raphaël. — La Sainte Famille, d'après Séb. Bourdon.

218 **Rembrandt**. Vingt-trois pièces, par et d'après ce maître.

219 **Reynolds** (William). Mazeppa, d'après Horace Vernet. Épreuve avant la lettre.

220 — Le Naufrage de la Méduse, d'après Géricault. Épreuve avant la lettre.

221 — Enfants effrayés par l'orage. — Une Scène du Massacre des Innocents. Deux pièces, d'après Léon Cognet et Paul Delaroche.

222 — Chasses au marais, d'après H. Vernet. — La Saltarelle, d'après Mme Haudebour-Lescot. 3 pièces; épreuves avant la lettre.

223 — Portraits de Miss Stephens. —Comtesse d'Oxford. — Georgina Ellis, etc., d'après Lawrence, Arlow, Peters et Hoppner. Sept pièces.

224 — Cent trente pièces; sujets et portraits d'après Joshua Reynolds. (Sera divisé.)

225 **Reynolds** (W.) et **Alph. Martinet**- Cinq pièces, d'après Winterhalter, Haudebour-Lescot, etc.

226 **Reynolds** (W). **Turner**, etc. Portraits de John
Paine. — John Moore. — Baron Exmouth. — William
Honey-Wood et George Canning. Sept pièces d'après
Lawrence. Philip et Hoppner.

227 — Les Portraits en pied de lord Grey, de Henri Pel-
ham, duc de Newcastle, et de Samuel Whitbread,
d'après Lawrence et Opie. Trois pièces.

228 **Reynolds** et **Ward**. Sept Portraits, d'après Jackson,
Edridge, etc.

229 — Portraits de Thomas Wilson et William Adams,
d'après John Opie et W. Pickers Gill.

230 — Les Portraits en pied de Francis Bardet, lord Co-
chrane et Keon, d'après Smith, Ramsay et Northcote.

231 **Ribera**. Saint Jérôme lisant. Saint Jérôme effrayé
apercevant l'ange (Bartsch. 3 et 4).

232 **Scheffer** (Ary). Six pièces lithographiées. Epreuves
sur papier de Chine; plus le portrait du général
Berton.

233 **W. Sharp** et **Cousins**. Les Portraits de Charles Iᵉʳ,
d'après Van Dyck; de la comtesse Grey et de ses enfants, d'après Lawrence. 2 pièces.

234 **Smith**, **Dawe**. Sept pièces, d'après Lawrence,
Hoppner, Westall, etc.

235 **Turner**. Portraits de Robert Peel et du marquis
de Welleslay, d'après Lawrence.

236 — Charles X, roi de France, d'après Lawrence. Très-
belle épreuve.

237 **Turner** et **W. Reynolds**. Portraits de David Ric-
cardo, Mistress Littletone, lord Chatham et Samuel
Romilly. Quatre pièces, d'après Lawrence, Hoppner
et Crigan.

238 **Turner**, **Ward** et **Benedette**. Sujets et Portraits, d'après Russell, Jackson et Singleton. Six pièces.

239 **Ward** (G.-A.). Portrait du duc de Clarence, d'après A. Shee.

240 **Watteau**, **H. Robert**, **Saint-Non** et **Louis Moreau**. Dix-sept pièces gravées à l'eau-forte.

———

241 **Audran**, **Drevet**, **Bloémaert** et **Wille**. Les sept Sacrements, d'après Le Poussin. L'Annonciation. Jésus au Jardin des Oliviers, d'après Coypel et Restout. Les Offres réciproques et la Tante de Gérard Dow, d'après Diétrick. Quinze pièces.

242 **Baléchou** et **Drevet**. Marie, duchesse de Nemours et Charles Rollin, d'après Coypel et Rigaud. Deux pièces.

243 **Baron**, **Dupuis** et **Desplaces**. Les deux Cousines. Le Repas de campagne. L'Occupation selon l'âge. Trois pièces d'après Watteau.

244 **Beauvarlet**. Le Départ et l'Arrivée du Courrier. Deux pièces d'après Boucher. Très-belles épreuves.

245 **Beauvarlet** et **Chevillet**. Deux pièces d'après Greuze et Terburg. Belles épreuves.

246 **Blanchard**, **Bernardi** et **Conquy**. Huit pièces de la galerie Aguado, d'après le Corrége et Murillo. Épreuves avant la lettre.

247 **Bloémart** (C.). Sainte Famille, d'après Ann. Carrache. Très-belle épreuve.

248 **Blot. Bettelini, Massard** et **Dequevauvilliers**. Trente-deux pièces du Musée Robillard. Épreuves avant la lettre.

249 **Bloteling**. Portraits de l'amiral Tromp et de Ruyter. Deux pièces d'après P. Lely.

250 **Bolswert, Ballin** et **Pietre de Jode**. Ecce Homo, Flagellation et Christ mort. Sept pièces d'après Van Dyck et Rubens. Très-belles épreuves avec l'adresse de Van den Enden.

251 **Cochin** (C.-N.). Cérémonies du sacre de Louis, Dauphin de France, et de Marie-Thérèse, infante d'Espagne. Sept pièces.

252 — Cérémonies du sacre de Louis XV. Dix pièces.

253 **Delaunay**. L'heureuse Fécondité. Dites donc, s'il vous plaît. Deux pièces d'après Fragonard. Très-belles épreuves, toutes marges.

254 **Delaunay** et **Carmona**. Portraits de François de Troy et de Fr. Boucher. Très-belles épreuves.

255 **P. Drevet**. Portrait de Boileau. d'après Rigaud. Très-belle épreuve.

256 — Portrait du cardinal Dubois, d'après Rigaud. Belle épreuve.

257 — Portrait du marquis d'Herbault, d'après Rigaud. Très-belle épreuve.

258 — Portraits de Gaspard de Vintimille et du cardinal de Fleury. Deux pièces d'après Rigaud.

259 — Portraits du cardinal de Polignac et du marquis de Méréville. Deux pièces d'après Largillière et Rigaud.

260 **Drevet** et **Edelinck**. Portraits du marquis de Dangeau et de Robert Nanteuil.

261 **Edelinck**. Saint Louis. R D. 28. Très-belle épreuve.

262 — Portraits de Ferdinand, év. de Paderborn, Titien et Mansart. Trois pièces.

263 **Th. de Leu**. Les portraits de Henri IV à cheval, Marie de Médicis, Henri de Montmorency, Petrus Arlensis, Louis Servin, etc. Six pièces.

264 — Les Portraits de Charles de Lorraine, duc de Guise, François Iᵉʳ, Marguerite de Valois, reine de Navarre; Gabrielle d'Estrées, Elisabeth d'Autriche, Marie Stuart, etc. Vingt-six pièces.

265 **P. Lombart**. Le duc de Grammont et le comte de Soissons. Deux pièces d'après W. Vaillant.

266 **Masquelier, Nagler** et **Gutemberg**. Douze pièces d'après Chesneau, Wille fils, Téniers, etc.

267 **Masson**. Le comte d'Harcourt. Belle épreuve.

268 **Moreau le jeune**. Le Sacre de Louis XVI.

269 **Muller** (J.-G.). Portrait de Mᵐᵉ Vigée-Lebrun. Très-belle épreuve.

270 **Nanteuil**. Louis XIV. R. D. 153, 2ᵉ état.

271 **Nanteuil, Poilly** et **Pietre de Jode**. Les portraits de Guébriant, Maller du Houssaie, Jacques Jordaens, Marguerite, princesse de Lorraine. Huit pièces.

272 **Oudry**. Sujets de chasse. Quatre pièces gravées par lui-même. Très-belles épreuves.

273 **Van Schuppen**. Portraits du grand dauphin et du marquis de Louvois. Deux pièces.

274 — Portraits de Louis, duc de Vendôme; François de Caumartin, etc. Cinq pièces d'après Mignard et De Troy.

275 **Van Schuppen, Larmessin** et **Nocret**. Portraits
de Philippe de France, du duc de la Meilleraye et du
maréchal de Luxembourg. Quatre pièces.

276 **Smith**. Six portraits de Femmes célèbres. d'après
Kneller.

277 **Smith** et **Drevet**. Portraits de Pierre Mignard et de
Adélaïde d'Orléans. Deux pièces.

278 **Wille**. Frédéric II. Le comte de Saint-Florentin. Deux
pièces. Belles épreuves.

279 — Le Cardinal de Tencin, d'après Parrocel.

280 — Portraits du marquis de Marigny et de Lowendal,
d'après De la Tour et Tocqué.

281 **Woollett**. The Morning and the Evening. Didon et
Énée. Trois paysages. d'après Mortimer et Swane-
velt.

---

282 TABLEAU. — **Van-Oost**. Le portrait de F. Engel-
berti Wonder Woude à l'âge de cinquante ans. Très-
beau portrait peint sur toile. Signé et daté : 1694.

283 DESSIN. — **Léger**. Vue intérieure de l'église Saint-
Eustache. Très-beau dessin à la plume, lavé d'encre
de Chine.

284 LIVRE. — Serie di Ritratti d'Uomini illustri Toscani,
con gli Elogi historici dei medesimi. consacrata a
Sua Altezza Reale Il Serenissimo Pietro Leopoldo. *Flo-
rence, Giuseppe Allegrini*. 1776; 4 vol. in-folio, v. m. —
Superbe exemplaire.

285 **A. Desnoyers**. La Vierge, dite la belle Jardinière, d'après Raphaël. Très-belle épreuve.

286 **M. Fanoli**. Les Willis, lithographie d'après Auguste Gendron.

287 **J. Godefroy**. Psyché et l'Amour, d'après F. Gérard.

288 **S. Jesi**. La Vierge à la vigne, d'après Paul Delaroche.

289 **Sixdeniers**. Les portraits de Rubens et d'Hélèna Forman gravés à la manière noire; plus une lithographie d'après Diaz. Trois pièces.

290 — Sujets tirés d'un Roman allemand. Deux pièces. Épreuves avant la lettre.

291 **J. Vendramini**. Sainte Famille, d'après Paul Véronèse. Très-belle épreuve avant la lettre.

RENOU ET MAULDE, imprimeurs de la Compagnie des Commissaires-Priseurs, rue de Rivoli, 144. 2173